吸血鬼之謎III

Sherlock
Holmes

SHERLOCK HOLMES

大偵探
福爾摩斯
吸血鬼之謎 III

雨夜鐘聲

「戴西……拜託……拜託你啊……你今晚一定要去教堂……為我**敲鐘**，好讓我的靈魂升天啊。」床上的老人用盡他生命中僅餘的最後一點力量，緊緊地握着戴西的手，**迷迷糊糊**地說。

「龜伯伯，我只是個園丁，又不是牧師，怎能擅自去為你敲鐘啊。」戴西有點困惑地說。

老人彷彿沒聽到似的，張開不斷顫抖着的嘴唇說：「戴西……我是個罪孽深重的人……

對不起朋友和家人……沒有人會為我舉辦喪禮，也沒有人會哀悼我……所以……我只希望得到哀悼的鐘聲、得到上天的寬恕……你幫我去敲鐘吧……拜託你……敲鐘……幫我敲鐘……」

「可是，我不是牧師，真的是愛莫能助啊。」戴西不知道如何是好，只好安慰道，「你休息一下，不要說話了。我今晚在這裏陪你，你不會有事的。」

「敲鐘……敲鐘……」

老人說着說着，張開乾巴巴的嘴唇，緩緩地閉上了眼睛。

「唔……？」戴西感到老人的手放鬆了，「這麼快就睡着了？」

他把手縮回來，搓了搓被老人握得有點麻木的手背，心中想：「我喝醉時在教堂偷過東西，犯了大錯，已發誓不可再犯。況且，敲鐘一定會被人聽到，又怎可以偷偷摸摸地去敲。這和掩耳盜鈴沒有分別啊。」

想到這裏，戴西苦笑了一下，看了看幾乎已油盡燈枯的老人。

「咦……？」戴西察覺老人已完全靜了下來，連呼吸聲也消失了。他慌忙用手指探了探老人的鼻息，不禁赫然一驚。

(5)

「啊……」戴西深深地歎了口氣，**自言自語**地說，「斷氣了……不用再受病魔折磨了。龜伯伯，你**安息**吧。」

「敲鐘……拜託你啊……今晚一定要去教堂敲鐘……為我敲鐘，好讓我的靈魂升天啊。」突然，老人的**臨終遺言**在戴西耳中響起，把他嚇了一跳。

戴西看了看老人，只見老人靜靜地躺着，並沒有半點動靜。他這才意識到，剛才只是**幻聽**。可能，老人重複又重複的要求太懇切了，那聲音仍在自己的腦海中**縈繞不散**吧。

「龜伯伯沒有親人和朋友，就只有我這麼一個鄰居。他生前從沒求我幫忙，這是第一次，也是他的 遺願 ，如果我不去，他一定 死不瞑目 。而且，為他敲鐘是好事，就算被人發現，也不會被怪責吧？」想到這裏，戴西馬上站了起來，他穿上掛在牆上的雨衣，點着了提燈，就冒着大雨出門去了。

大雨「嘩啦嘩啦」地下着，戴西在漆黑一片、滿佈泥濘的路上 蹣跚而行 。突然，一股狂風呼嘯而至，捲起了豆大的雨點紛紛向他迎面撲去。

「唯，好痛！」

雨點打在臉上
的痛楚，令他忽然
想起，潛進教堂不能
走正門。他必須繞到
教堂的後院，再從
一道隱蔽的側門走進去。
他知道，只有那道側門
很少上鎖，上次藉着醉意
與夥伴去**偷東西**，也是從那道側門進去的。

「可是，從那兒進去的話，必須經過後院的
墳場，有好幾個認識的村民都葬在那裏……」
戴西想到這裏，心中開始**發毛**。他兒時曾聽過
一些傳說，說在狂風暴雨的深夜，墳裏的人就
會走出來，向經過的人打招呼。當然，他並不
相信這種**鬼話**，可是此刻要在深夜穿過那塊墓

地，卻又不免有點兒 膽怯 。

想着想着，戴西已來到那塊墓地的入口，他舉起提燈往前照了一下。在 **傾盆大雨** 之下，微弱的燈光只能照到10呎以內的範圍。

「*既然來到就走吧！衝過去就行了！*」

他鼓起勇氣，舉起提燈壯一壯膽，一口氣就衝過了墓地，走到教堂後院的側門前。

「咔嚓」一聲，門開了。果然，這道門沒有上鎖，他輕易就潛了進去。接着，他在**搖搖晃晃**的燈光映照下，**戰戰兢兢**地走到了一根懸垂着的粗麻繩前。這根繩子連接着教堂頂部的大鐘，只要用力一拉，鐘聲就會響起。

他輕手輕腳地放下提燈，心中**唸唸叨叨**：「龜伯伯，我為你敲鐘了，你安息吧，安息吧！」

然後，他伸出兩手，緊握着粗麻繩，用力——

「噹」的一下鐘聲突然響起，把他嚇了一跳。

這一下鐘聲，彷彿乘着**狂風**從遠處吹來似

的，雖然**清晰可聞**，但聽來又好像非常**遙遠**

與**朦朧**。呆了一下的戴西，不期

然地看了看自己握着麻繩的手。

他這才猛地回過神來——**自己**

還未拉動繩子呀！

鐘為何響起來了？

嚐

嚐

啊……那一定是亡靈的

鐘聲！是亡靈為求寬恕而

敲響的鐘聲！

嚐

戴西感到**渾身發**

麻，不由自主地退

後了一步，繩子在他

的拉動下晃了幾下。

嚐……**嚐**……

嚐……

鐘聲突然在夜空中大響，嚇得他一手抓起提燈，馬上奔出那道他剛才進來的側門，頭也不回地衝出墓地，直往回家的大路奔去。

豆大的雨點迎面而來，「劈劈啪啪」地打在他的臉上，他已忘記痛楚，只想快一點奔回家中躲起來。然而，當他一鼓作氣地跑到距離龍湖客棧不遠的分岔路口時，突然，一個人影從黑暗中竄出，「嘭」的一聲與他撞個滿懷。

龍湖客棧

龍湖客棧 的招牌被強風吹得「咯嘞咯嘞」地不斷顫抖，傾盆大雨「嘩啦嘩啦」地打在客棧的屋頂上，濺起了陣陣水花。這間小旅館已有過百年歷史，更有江湖傳聞，指伊利沙白女皇年輕時在附近的龍湖打獵，也像今天那樣遇上了狂風暴雨，最後不得不在此借宿一宵。

當有旅客**慕名而來**過夜時，老闆**維萊**都會自賣自誇地講述這段輝煌的歷史。為了給傳說加點戲劇性，他更會帶客人走到門前的一塊橢圓形的大麻石旁邊，繪影繪聲地說：

「看！這叫**女皇石**，是女皇陛下當年下馬時踏過的**墊腳石**啊！來，不必客氣，客官也踏一腳吧，說不定會為你帶來好運呢！」

咯嘞咯嘞……嘩啦嘩啦……咯嘞咯嘞……嘩啦嘩啦……

維萊聽着雨聲、挺着大肚腩走到坐在窗邊的**戴西**前放下一杯威士忌後，把紅鼻子貼到冷冰

冰的玻璃窗上，往**黑漆漆**的外面窺探了一下，然後回過頭來，向酒吧內的3個常客說：「雨在11點就會停，放心，不遲不早，11點就停。」

「11點不是你關門的時間嗎？」坐在吧檯一角、穿着**郵差制服**的小個子**柯布**說，「你想11點雨會停，跟11點雨就停可是兩回事啊。」

維菜看着小個子，想了想這句話的意思，明白話中含有**嘲諷**後，就應道：「我說**11點**雨會停，就一定會停。不服嗎？就坐在這裏等到11點吧！」

「呵，老闆生氣了呢。」柯布說。

維萊擦了擦紅鼻子，一邊回身往吧檯走去，一邊嘀咕：「哼，我才不會為一個常常派錯信的郵差生氣呢。」

「喂！我只是派錯了一次你的信，『常常』這個用語並不恰當啊！」柯布抗議。

「哎呀，別鬥嘴了。」坐在吧檯另一邊的馬車夫帕斯說，「今天是甚麼日子了？你們不記得嗎？」

「叮」的一聲，維萊敲了一下酒杯說：「別開玩笑了，這麼可怕的日子，忘得了嗎？」

「對！」柯布**煞有介事**地坐直身子說，「今天是——」

可是，他還未說完，大門就「砰」的一聲被推開了。**雨聲**和**風聲**一下子就闖進酒吧中，把眾人嚇了一跳。

一個身穿黑色雨衣的男人施施然地踏進門口，他脫下雨衣隨手往牆上的掛鉤上一扔，就走進了酒吧中。**眾人的目光**一下子聚在他那一

身奪目的 **橙黃色大衣上**，但他完全沒有理會，只是自顧自地走到壁爐旁的小圓桌前坐了下來。

維萊沒想到這麼**大雨**還會有人來光顧，霎時間沒反應過來，遲疑了一下才懂得問：「先生，你要喝點甚麼嗎？」

陌生人輕輕地瞥了他一眼，說：「**一杯威士忌**。」

「好的。」維萊倒了一杯威士忌，挺着大肚腩**搖搖擺擺**地送了過去。

3個常客看到這個陌生人臉容精悍，眼睛**炯炯有神**，看來是個不好惹的傢伙，不期然地都靜了下來。

「對了、對了，我說到哪裏？」郵差柯布按捺不住，只好打破沉默向維萊問道。

「你說**今天**——」

「對、對、對，我說到今天——」柯布又煞有介事地一頓，「是**3月19日**！」

「3月19日。」有點醉意的馬車夫帕斯說，「**5年前的這個日子**，誰也忘不了啊……」

「是的，3月19日……」維萊也重複地叨唸着。

「**3月19日**又怎麼了？」突然，壁爐旁傳來了陌生人的聲音。

3個常客被這**突如其來**的一問，感到有點**不知所措**，又靜了下來。

「吭吭吭。」維萊清了清喉嚨說，「先生，你有所不知，5年前的今天，也是一個**風雨交加**之夜，這兒出了事。」

「出了事？甚麼事？」

「距離這兒不遠有所福倫大宅，主人**哈瑞德伯爵**的妻子早死，他和10歲的女兒愛瑪**相依為命**。伯爵他……就在5年前的今天，出了事！」

「出了事？他死了？出事的意思，就是死了吧？」

3個常客**面面相覷**，看來都沒想到陌生人

會問得這麼**肆無忌憚**。

看見沒人回答，陌生人再說：「難道沒死？仍在生的話不算出事呀。」

「**不，他沒在生，也沒死——**」

「甚麼？沒在生也沒死？哪有這麼荒謬的事？」

「不，我的意思是，他**沒死得瞑目**。」

聽到維萊這麼說，3個常客不約而同地點了點頭。

「沒死得瞑目？」陌生人冷冷地問，「為何說得這麼**彆扭**？難道你想說，那位哈瑞德伯爵**死於非命**。」

「**對！是死於非命！**」維萊用力拍了一下自己的肚腩，「我想說的就是這個，只是剛才記不起這個成語。」

龍湖客棧

21

「死於非命嗎？」陌生人想了想，問，「5年前的今天，即是3月19日，哈瑞德伯爵死於非命。其實，你們究竟在討論甚麼？」

「這個嘛，最好由戴西說，是他的親身經歷。」維萊望向一直把頭垂得低低的、默默地喝着酒的戴西。

聽到有人提起自己的名字，戴西緩緩地抬起頭來，呢喃似的說：「哈瑞德伯爵……他……」說到這裏，他就停下來了，停了差不多半分鐘，仍沒接着說下去。

「怎麼了？為何不說下去？」維萊催促道。

「**今天是幾號？**」戴西彷彿想起甚麼似的，兩眼帶着恐懼地問。

「甚麼？剛才不是說了嗎？是 **3月19日** 呀。」郵差柯布說。

「對……是3月19日……」戴西夢囈似的憶述，「為了讓一位獨居老人安息，我在那個 **風雨交加** 的晚上，潛進了 **教堂敲鐘**。可是……不知怎的，我還未拉動繩子，大鐘就突然響起來了。雖然只是響了一下，但那鐘聲清晰可聞，絕不是幻覺。那一刻，我以為那是 **亡靈的鐘聲**，被嚇得馬上 *拔腳就逃*，一股勁兒地跑回家。」

23

說完，他看了看馬車夫帕斯，補充一句：「跑回家……馬上鑽進被窩中去。」

「就這樣？跟那位死於非命的伯爵，有甚麼關係？」陌生人問。

「不……我還未說完。」戴西吞了一口口水，繼續慢吞吞地說，「第二天，我一早起床，就走去哈瑞德伯爵家，就是那所福倫大宅。因為……那兒的園丁拉奇請我去幫忙修剪花草。可是，去到後……我找不到拉奇，卻突然聽到伯爵的女兒尖叫。那叫聲……非常悽厲……完全不像一個10歲女孩的叫聲。原來……伯爵倒臥於血泊之中，對，倒臥於血海之中，就在他自己的臥室。最可怕的是……他手上還握着一截繩子、一截敲鐘用的繩子！」

「**甚麼？**」陌生人十分驚訝，「怎會這樣的？」

維萊看了看戴西，見他沒有回答，就摸了摸肚腩解釋道：「伯爵是**大富人家**，屋頂有一口求救用的**銅鐘**。伯爵在他的卧室中裝了一根繩子，連接着那口銅鐘。」

「**對！**」戴西忽然提高聲調說，「伯爵手上握着的，是被割斷了的一截。我在教堂聽到的那一下**鐘聲**，就是他拉的。不過，他只拉了

一下，繩子就被人**割斷**了！」說到這裏，戴西又低下頭來，沒再說下去。

「後來，警方發現**園丁拉奇**和**管家狄克**都失了蹤。而且，伯爵那天從銀行拿回來的一大筆現金也**不翼而飛**。」維萊看了看眾人，壓低聲音補充道，「大家就懷疑，是不是拉奇和狄克他們兩人合謀把錢搶走

了。就是說，這是一起**謀財害命**的案子。」

「原來如此，那麼，後來抓到他們了嗎？」陌生人問。

維萊正想回答時，戴西又再說話了。

「一直沒抓到⋯⋯」他呷了一口酒，神情呆滯地說，「不過⋯⋯案情在一個月前**峰迴路轉**。小拉奇在龍湖釣魚時，竟釣出了⋯⋯一副骨！那⋯⋯那是**5年前失蹤的拉奇**⋯⋯」

說完，戴西再次悄悄地望了一下坐在吧檯那邊的馬車夫帕斯。

「你說，是不是太神奇？」維萊有點興奮地說，「**萊兒拉奇的屍骨**竟被他的兒子小拉奇發現了！」

「可是，既然已化成**白骨**，警方又怎知道那是拉奇？」陌生人提出質疑。

「**衣物呀！**」郵差柯布插嘴道，「布料雖然已被水泡得**殘缺不全**，但皮帶和皮鞋仍能辨認。最重要的是，白骨左手無名指上的**戒指**，

拉奇太太一眼就認出來了。所以，警方認為，拉奇其實並非**畏罪潛逃**，而是被人殺了。殺他的，就是另一個失蹤的疑兇——福倫大宅的**管家狄克**！」

「對。」維萊惟恐陌生人聽不明白，緊接着補充道，「就是說，管家狄克不但**謀財害命**殺了哈瑞德伯爵，還殺了撞破他犯案的園丁拉奇！」

「**對！兇手就是管家狄克！**」一直沒作聲的馬車夫帕斯突然揚聲道。

戴西**一怔**，他以詫異的眼神看了看帕斯。

「那麼——」

陌生人正想再問時，突然，大門「砰」的一聲被撞開了。一個十五六歲、全身濕透的少年闖了進來，他興奮地叫道：「吸血鬼！吸血鬼又出沒了！」

「甚麼？吸血鬼？」陌生人駭然。

「**對！是吸血鬼！**是吸血鬼！我又看見吸血鬼了！」少年在酒吧中 旁若無人 似的又叫又嚷地走了一圈，突然一個閃身又鑽出門走了。

維萊慌忙走去把門關上，有點無可奈何地說：「小拉奇又發瘋了，真沒他辦法啊。」

「小拉奇？」陌生人訝異地問，「就是那個釣魚時發現父親屍骨的兒子嗎？」

「沒錯，就是他。」郵差柯布搶道。

接著，他又指了指自己的腦袋，煞有介事 地壓低嗓子說：「不過，他的腦筋不靈光，**智力**

有問題，千萬不要相信他的說話。」

「對，自從發現白骨後，他就到處向人說在湖邊見到吸血鬼，真是叫人**哭笑不得**啊！」維萊苦笑道。

「原來如此。」

然而，陌生人的話音剛落，大門又「砰」的一聲被撞開了。一個穿着雨衣的大個子走了進來，氣急敗壞地嚷道：

「**不得了！不得了！吸血鬼！我看見吸血鬼啊！**」

「甚麼？又是吸血鬼？」陌生人啞然。

「高登，別鬧了。」郵差柯布沒好氣地說，「剛才小拉奇已走來講過啦，難道你也跟他一般智商，想來找我們開玩笑？」

「對，別胡鬧了。」維萊也以為**大個子高登**鬧着玩。

「**不！是真的！**」高登緊張地說，「我剛才去過拉奇太太家，是這雙眼睛親眼看到的啊！」

眾人**面面相覷**，不知道該如何回應。

陌生人眼底閃過一下

寒光，問道：「你怎樣看到吸血鬼的？不說清楚，沒有人會信啊。」

　　「威士忌，先給我一杯威士忌。」高登說着，匆匆脫下雨衣，一屁股坐到吧檯的座位上，猶有餘悸地說：「黃昏6點左右，拉奇太太來店子找我，說門鎖壞了，要我去幫忙換一把。我本來答應晚上8點左右去的，但被其他工作耽誤了，9點才去到。奇怪的是，她家的門鎖看來是被人強行撞爛的，於是我就問……」

吸血鬼之謎

「咦?這門鎖好像是被人**撞爛**的啊。怎會這樣的?」我用提燈照着破爛的門鎖,訝異地問。

「唉,就是啊。」拉奇太太有點無奈地說,「小拉奇忘記帶鑰匙,我剛好又不在家,他就強行**破門而入**,把門鎖也撞爛了。」

「他的鑰匙不是常常掛在脖子上嗎？怎會忘記帶呢？」我問。

「我也不知道啊。你知道，他**笨頭笨腦**的，常常忘記要做的事。」

「是嗎？」我想了想，覺得也有道理。小拉奇的行為怪異，有時會做出叫人**啼笑皆非**的事情，所以也**見怪不怪**了。

本來修理門鎖只須花半個小時，但門板也被撞爛了，結果我足足花了一個小時才弄好。

「高登師傅，辛苦了。」拉奇太太說，「我沏了茶，到廚房來一起喝吧。」

「**晚安！**」突然，有人向我喊了一聲。

我還以為是小拉奇，但定睛一看，才發現是

站在木架子上的 **谷普**。牠是一隻 **黑色的鸚鵡**，會跟人打招呼，我跟牠也算是老相識了。

「晚安，谷普你好。」我和牠打了個招呼，就跟着拉奇太太到後面的廚房去。

「真不好意思，要你這麼晚來修理門鎖。」拉奇太太邊倒茶邊說，「但壞了的是大門的門鎖，不馬上修理又不行。」

「沒關係，**舉手之勞** 罷了。村裏人都知道，我是 **隨傳隨到** 的，已習慣了。對了，小拉奇呢？」

「天曉得。」拉奇太太歎了口氣，「他常常

到處亂跑，簡直就是**神出鬼沒**。剛才吃完晚飯，就跑出去了。」

「可是現在**風大雨大**，他有甚麼地方可以去呢？」我好奇地問。

「他最喜歡**風大雨大**，一到這種天氣，他就很興奮，坐也坐不住。沒辦法啊！腦袋壞了，就是這樣。」

「不用擔心，慢慢就會好的。」我安慰道，「他其實很聰明，再長大一點，就會學懂寫字和算術的了。」

咚、咚、咚。

忽然，我聽到了輕輕的敲門聲，於是說：「好像有人敲門呢。」

「甚麼？」拉奇太太**赫然一驚**。

咚、咚、咚。

「你聽，真的有人在敲門呢。」雖然夾雜着風聲和雨聲，但那幾下敲門聲仍能清楚地聽到。

「是甚麼人呢？」拉奇太太有點慌張，「怎會在這種時候來敲門？」

「不會是小偷吧？」我警戒地站了起來，「把燭台拿來，我去看看。」

「不！」拉奇太太慌忙阻止，彷彿為自己辯解似的說，「我們這裏家徒四壁，小偷又怎會看中？可能是小拉奇回來了，我去看看吧。」

「真的不用我去嗎？」我仍有點擔心。因為，我非常了解小拉奇，他只懂得**亂衝亂撞**，又怎會這樣**鬼鬼祟祟**地敲門呢？

咚、咚、咚。

敲門的人像在催促似的，更用力了。

「真的不用了，我一個人去看看就行。」拉奇太太說着，匆匆忙忙地拿起燭台走出了廚房。可是，不知為何，她順手**關**上了廚房的門。

「太奇怪了。」我感到有點**坐立不安**，想馬上跟着去看看。但想了想，又怕拉奇太太不高興，就只好**豎起耳朵**細聽。

嘎哦、嘎哦、嘎哦……

拉奇太太踏在木地板上的聲音遠去，我知道她已往門口走去了。但接着馬上又靜了下來，看樣子，她已去到大門前，大概正在窺探外面的動靜。

嘩啦……嘩啦……嘩啦……嘩啦……

雨聲愈來愈大，彷彿要把外面的所有聲音淹沒。

我全神貫注地傾耳細聽，但不知怎的，聽着聽着，心中竟泛起了一種莫名的恐懼。

「甚麼人？」拉奇太太壓得低低的嗓音突然響起。

「快開門！」我聽到大門外傳來一下呼喝，然後又響起一陣竊竊私語似的謾罵。可惜的是，雨聲太大，我並沒有聽清楚罵的是甚麼。

這時，「嘰———」的一聲，門閂被拉開了。同一剎那，「砰」的一聲大門被人推開。

「哇呀！」拉奇太太慘叫一聲。我大驚失色，馬上一個箭步衝出廚房，往拉奇太太那邊奔去。一個**黑影**正捏住拉奇太太的脖子。在**電光石火**的一瞬間，我看到黑影的嘴角淌着血，還露出了**尖利的犬齒**！

「**吸血鬼！吸血鬼！**」突然，一個可怕的聲音在我身後大叫。

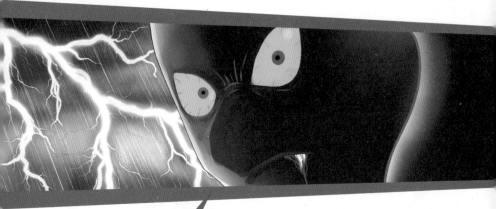

黑影似乎被**突如其來**的叫聲嚇着了，他揚起黑色長袍，一個轉身就隱沒在門外的黑暗中。

「**休想逃！**」我不知道哪來的勇氣，拔腿就追。

可是，拉奇太太一手把我拉住，並大叫：

「**不能追！不能追！**」

「為甚麼？」我大聲問。

「**他會殺人！他會殺人！**」拉奇太太

歇斯底里地叫道。

「吸血鬼！吸血鬼！」我的身後又響起可怕的叫聲。我被嚇得轉過頭去看，只見黑鸚鵡谷普「啪噠啪噠」地拍着翅膀，狠狠地盯着門外大叫。

吸血鬼！
吸血鬼！

原來大叫「吸血鬼」的是谷普，我不禁鬆了一口氣，並向拉奇太太問道：「為甚麼你說他會殺人？」

「不……不是嗎？」拉奇太太**期期艾艾**地答道，「他……他是吸血鬼呀……你沒看到……他的嘴角沾了血嗎？」

「啊……」

拉奇太太的說話令我霎時**冷汗直冒**！

那人確實很像傳說中的吸血鬼，我貿然追出去的話，確實有**生命危險**。想到這裏，我慌忙退後了一步，拉奇太太趁勢把我拉進屋裏，並馬上關上了大門，還**急不及待**地上了鎖。

她回到廚房後，整個人像**崩塌**似的跌到木凳上，全身還不住地顫抖，震得木凳也「咯咯」作響。

實在太可怕了，我也不知如何是好，只好坐在一旁陪着她。

過了好一會，她終於冷靜下來，並對我說：「高登先生，我沒事了，請你回去吧。不過，路上**千萬要小心**。」

「好的，記住鎖好門窗。你也小心。」說完，我就起身告辭了。

鬼見愁

「離開拉奇太太家後，我突然感到口乾舌燥，也想把看到吸血鬼的事情告訴大家，好讓大家小心提防，就匆匆往這裏來了。」高登喝了一口威士忌，猶有餘悸地說。

聽完高登的憶述後，郵差柯布和園丁戴西都被嚇得目瞪口呆，但馬車夫帕斯卻一臉不屑地吐了一句：「哼！胡說八道，這個世界除了酒鬼之外，怎會有甚麼鬼！」

酒吧老闆維萊想了想，也以懷疑的語氣向高登說：「帕斯說得沒錯。你和拉奇太太只是聽到那隻**黑鸚鵡**亂叫一通，就以為有**吸血鬼**，實在太不靠譜了吧？」

「不！」高登連忙反駁，「我親眼看到他嘴角有**血**啊！你說，除了吸血鬼之外，還有甚麼人的嘴角會**無緣無故**地沾滿血？」

「對！」郵差柯布像想起甚麼似的，立即回過神來插嘴道，「剛才**小拉奇**不是也說看到吸血鬼嗎？而且，動物不會說謊，那隻黑鸚鵡

大叫吸血鬼，一定有原因！」

「**我呸！**」馬車夫帕斯罵道，「小拉奇**瘋瘋癲癲**的，他的説話怎可信？還有，你説動物不會説謊？我是馬車夫，每天都與馬匹打交道，這裏有誰比我更熟悉動物？動物有時比人還狡猾，一不小心，被牠們騙倒了也不察覺呢！」

「那麼……」

一直沒作聲的陌生人望向帕斯問道，「如果敲門人不是吸血鬼的話，**他又是甚麼人呢？**」

「還用説嗎？**賊！一定是賊！**」帕斯興奮地説，

「他輕輕敲門，是想試探一下屋內有沒有人。要是沒人應門，就可**大模大樣**地入屋偷東西。反之，有人開門的話，他就可強行入屋行劫了。尤其是他看到開門的是個弱質女流，就更**肆無忌憚**了。準是這樣，不會錯！」

「唔……也有這個可能……」高登有點遲疑地說，「那人看到我後馬上**轉身就逃**，可能是沒想到拉奇太太家中有個男人，把他嚇了一跳吧。」

「是的，有道理！」柯布**見風使舵**，馬上轉口道，「他看到你這個**大塊頭**，知道未

必打得過你，就落荒而逃了。」

就在這時，酒吧內的鐘聲響起，原來不經不覺已是11時了。

老闆聽到鐘聲，就挺着大肚腩走到窗邊，又把紅鼻子挨在玻璃窗上看了看，然後回過頭來說道：「看！雨停了呢。我說得沒錯吧？一到11點雨就停了。」

「厲害！」柯布佩服地說，「竟然讓你猜中了。」

「好了，謝謝大家光顧。我要打烊了。」老闆說罷，又向高登說，「不管是吸血鬼還是賊人，為了以防萬一，你明早該去找拉奇太太一起報警。」

「是的。」高登點點頭，就站起來了。

51

「就是這樣，我打聽到的就是這些了。」福爾摩斯坐在馬車的車廂內，向華生和蘇格蘭場孖寶幹探**李大猩**和**狐格森**，憶述了昨夜在龍湖客棧**耳聞目睹**的一切。

李大猩和狐格森聽着聽着，額角滴下了冷汗，臉色由**紅**變**青**，最後更完完全全地變成**慘白**了。

「嘿嘿嘿，沒想到**保險公司**委託我調查這起5年前的命案，竟然又遇上了與吸血鬼有關的傳聞。」福爾摩斯向兩人瞄了一眼，故意以調侃的語氣道，「這已是**第3次**碰上吸血鬼的案子了，看來我們真是與吸血鬼有緣呢。哈，有意思，實在太有意思了。」

「有意思？有甚麼意思？」李大猩慌張地說，「**吸血鬼**……是**吸血鬼**啊！萬一真的是吸血鬼作惡，又有甚麼辦法對付？先叫馬車夫停車，我們商討一下對策再繼續行程吧。」

「**對！對！對！**」喜歡對着幹的狐格森，也難得與李大猩站在**同一陣線**，

「既然此案與吸血鬼有關，還是**從長計議**，做足充分準備才去找那位拉奇太太吧。」

「做足充分準備？你沒帶手槍和手銬嗎？還有甚麼好準備的？」福爾摩斯問完，嘴角泛起一絲別有意味的微笑，還向華生打了個**眼色**。

華生意會，卻明知故問：「對，準備甚麼？」

「這個嘛……」狐格森搔搔頭，有點難為情地說，「總之……**謹慎能捕千秋蟬**，做足準備最好。」

「沒錯！」李大猩也堅持，「捕蟬也得**小心翼翼**，何況是捉吸血鬼？啊！不，我指的是捉賊。**小心駛得萬年船**，就待我先準備一下吧。」

「嘿嘿嘿⋯⋯」福爾摩斯狡黠地一笑，「不必顧左右而言他了，你們只是怕鬼罷了。不用怕，我早已準備好了。」

「準備好了？準備甚麼？」孖寶幹探齊聲問道。

「還用問嗎？」福爾摩斯咧嘴一笑，然後翻開大衣，從裏面取出兩串蒜頭，在兩人面前晃了晃，「當然是為你們準備好這兩串防身法寶啦。」

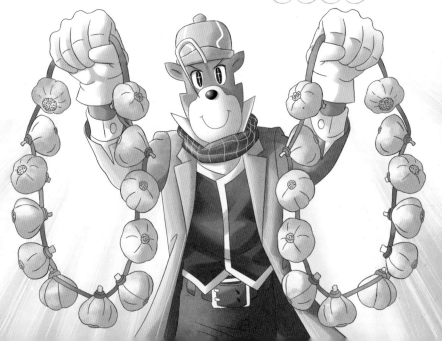

「哇！**太好了！**」李大猩大喜，馬上奪過一串掛在脖子上，「有了這個就不怕啦！」

「我也要！」狐格森惟恐吃虧似的，也慌忙奪過蒜頭項鏈，還在脖子上繞了兩圈，「福爾摩斯，你不愧是倫敦**首屈一指**的大偵探，準備得非常充足呢！」

「當然囉，我可不是**浪得虛名**的啊。」

「那麼，你自己呢？你不要也掛一串嗎？」狐格森問。

「我嗎？我不怕**吸血鬼**，要來幹甚麼？」福爾摩斯說罷，探頭出窗外向馬車夫大聲叫問，「嗨！老兄，請問還要多久才到**龍湖村**？」

「快啦！不用半個小時就到！」馬車夫高聲應道。

福爾摩斯把頭縮回車內時，李大猩卻詫異地指着他的**口袋**問：「那是甚麼？」

福爾摩斯低頭看了看，原來袋中露出半截酒瓶，就答道：「沒甚麼，只是我特製的**驅鬼酒**，名叫『**鬼見愁**』。」

「驅鬼酒？」李大猩瞪大了眼睛。

「鬼見愁？」狐格森張大了嘴巴。

華生也感到奇怪，驚訝地問：「你不是不怕鬼的嗎？帶着這瓶東西幹嗎？」

福爾摩斯還未回答，李大猩**不由分説**就奪過瓶子罵道：「豈有此理！竟然藏着這麼好的東西也不給大家分享，太過分了！」説罷，更立即撐開瓶蓋，就往口裏灌。

「喂！不要呀！」福爾摩斯想阻止，但李大猩已「咕咚咕咚」地喝了幾口。

狐格森見狀慌忙大叫：「**喂！我也要！**」

說時遲那時快，他也一手搶走瓶子，也往自己口中灌了一口。

　　然而，只不過幾秒鐘，兩人突然張開大口高聲慘叫：「哇——！好辣呀！」

　　「吭吭吭！吭吭吭！吭吭吭！」接着，兩人更像噴出火舌似的拚命地咳起來。

華生**大惑不解**，慌忙向老搭檔問道：「那瓶究竟是甚麼？」

「那是混和了**蒜泥**的烈酒，像把硫磺撒到地上可以驅走**蛇蟲鼠蟻**那樣，是專門用來驅趕**吸血鬼**的。」福爾摩斯向華生眨眨眼，調皮地一笑。

「你怎麼不早說？想**嚇**死我們嗎？」李大猩罵道。

「對！太過分了！」狐格森也大罵。

「哎呀，是你們自己搶着喝的，不能怪福爾摩斯呀。」華生沒好氣地說，「我們也別在吸血鬼這個話題上**糾纏**了，**分析案情**更重要啊。」

「**不，這案子的關鍵就是吸血鬼。**」福爾摩斯突然變臉，一臉嚴肅地說，「相信只要查出傳聞的**來龍去脈**，距離破案就不遠了。」

「甚麼？關鍵就在吸血鬼？甚麼意思？」華生訝異。

「記得嗎？日前保險公司來委託我們調查時說過，命案發生在5年前，大家都以為兇手是**園丁拉奇**和**管家狄克**，他們失蹤後就成為

了懸案。」

「不用説，這個我當然記得。」

「但一個月前，小拉奇在龍湖釣起了其父拉奇的白骨後，疑兇拉奇卻反而成為了受害人。有趣的是，被劫殺的哈瑞德伯爵是一個很好的僱主，生前為所有家傭都買了保險。現在證實拉奇並非失蹤，而是沉屍湖底，拉奇太太就可以向保險公司索取賠償了。」

「這個我知道，但與吸血鬼有甚麼關係？」華生問。

「還不明白嗎？是時間點呀！命案在5年

前發生，但5年來都沒有吸血鬼的傳聞，為何發現拉奇的白骨後，吸血鬼就突然出現了？」

「**吭吭吭！**我知道！」李大猩清了清嗓子搶道，「一定是拉奇的白骨被釣上來後，他就化作**吸血鬼**來報仇了！」

「哎呀，你這麼怕吸血鬼，怎麼連最基本的吸血鬼常識也沒有啊。」福爾摩斯沒好氣地說，「吸血鬼在復活時必須有完整的**肉身**，一副**白骨**又怎樣復活呢？」

「**吭吭吭**，這個我知道！」狐格森搔搔喉結後**煞有介事**地說，「拉奇的白骨被發現後，案子又重新成為人們的焦點，**死於非命**

63

的哈瑞德伯爵就趁機變成**吸血鬼**復活了！」

「這個推論並不成立，要是伯爵能變成吸血鬼的話，他5年來隨時也可以變呀，何須等到那副**白骨**出現才變呢？」

「有道理。」華生說，「那麼，你的**推論**又是甚麼？」

「我的推論嗎？」福爾摩斯掏出記事本，在本子上畫了**一幅圖表**。

吸血鬼與 拉奇

① 拉奇的白骨→？

② 小拉奇的叫嚷

③ 小拉奇撞爛大門

④ 拉奇太太受襲

⑤ 鑰匙匠的目擊

⑥ 黑鸚鵡的叫嚷

吸血鬼

「你們看。」福爾摩斯指着圖表説，「**吸血鬼在 中心**，圍繞它四周的事情，都是在拉奇的白骨出現後才發生的。所以，①是引發點，相繼引發②～⑥。」

「那又怎樣？」李大猩問，「能說明甚麼？」

「這麼明顯也沒看出來嗎？這張圖表一方面顯示出所有事情都圍繞着吸血鬼發生，但另一方面，也顯示出那些事情全都與拉奇家有關呀。」

「這麼說來，②、④、⑥確實與拉奇家有直接關係，而⑤的鑰匙匠在拉奇家看到吸血鬼，也間接有關。」華生說，「可是，③的小拉奇撞爛大門，雖然撞的是自家門，但與吸血鬼又有何關係？怎可放進這張圖中呢？」

「嘿嘿嘿，這正是重點所在啊。」福爾

摩斯狡點地一笑，「昨夜小拉奇闖進龍湖客棧的酒吧時，我看到他的脖子上還掛着大門的**鑰匙**。既然有鑰匙，他又何須**破門入屋**呢？」

「啊！難道撞爛大門的不是他，而是**另有其人**？」李大猩緊張地說。

「另有其人？」狐格森也緊張起來，「**是誰？**」

福爾摩斯微笑不語，他大筆一揮，在圖表上**劃**了一下。

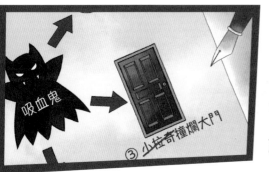

吸血鬼

③ 小拉奇撞爛大門

「啊？怎麼把**小拉奇的名字**劃掉？」華

生詫然。

「狐格森問<u>誰</u>撞爛大門嘛，這就是答案呀。」

華生三人盯着那張圖表再看了看，頓時齊聲喊道：「呀！明白了！**是吸血鬼撞爛了大門！**」

「沒錯，正是傳聞中的吸血鬼——那個**襲擊拉奇太太的人**——撞爛了大門。」

「可是，若然如此，拉奇太太為何要說謊**欺騙**鑰匙匠呢？」華生問。

「這個嘛，正是我們現在要去找她查問的目的呀。」

華生看着圖表又想了一下，指着「①拉奇的白骨」後的「？」問：「這個問號又代表甚麼意思？」

① 拉奇的白骨→？
② 小拉奇的叫嚷
③ 少拉奇種欄大
④ 拉奇太太受襲
⑤ 鑰匙匠的目擊
⑥ 黑鸚鵡的叫嚷
吸血鬼

「你注意到了？」福爾摩斯眼底閃過一下凌厲的光芒，「它的意思是——從『拉奇的白骨』會聯想到甚麼？」

「聯想到甚麼？」李大猩說，「還用問嗎？當然會聯想到『拉奇已死』呀。」

「那麼『拉奇已死』又會聯想到甚麼？」

「哈！我知道！」狐格森搶道，「拉奇太太會很傷心！」

① 拉奇的白骨→

拉奇太太會很傷心

「哎呀，這跟分析案情無關啊。」福爾摩斯沒好氣地說，「證明『拉奇已死』，哈瑞德伯爵為他買的保險就會生效。所以，這就會聯想到『保險索償』

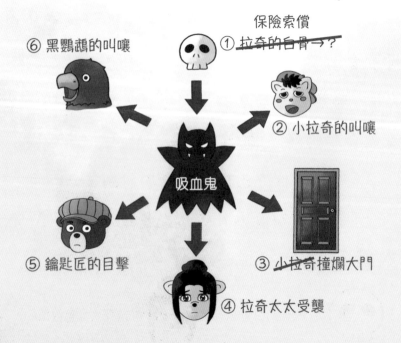

保險索償
① 拉奇的白骨→?

⑥ 黑鸚鵡的叫嚷

吸血鬼

② 小拉奇的叫嚷

⑤ 鑰匙匠的目擊

③ 小拉奇撞爛大門

④ 拉奇太太受襲

呀！」說罷，他又把圖表改動了一下。

「啊⋯⋯」華生、李大猩和狐格森頓時**恍然大悟**，不用說，他們都明白了。「拉奇的白骨」只是表面上的**引發點**，其實，一切都是由「**保險索償**」引發的！

「嗨！」突然，車外傳來馬車夫粗豪的叫喊聲，車速也同時慢了一下，看來，他們已快到 龍湖村 了。

「下車吧！」來到村口後，福爾摩斯領着眾人下了車。這時，剛好有兩個一胖一瘦的巡警迎面而來，福爾摩斯打了個招呼，並向他們問路。

「啊？你們要去拉奇太太的家？」胖巡警頓起戒心，他打量了一下4人後問道，「你們不是本村人，找她幹甚麼？」

「對，找她幹甚麼？」瘦巡警也喝問。

「找她幹甚麼是你們問的嗎？」李大猩一步搶前，把**警章**在兩人面前晃了晃，「難道想妨礙我們辦案嗎？」

兩人一眼就認出那是蘇格蘭場的警章，被嚇得慌忙立正敬禮，並大聲道：「**長官！請恕無禮！**我們剛去過拉奇太太家調查，所以才有此一問！」

「**調查？**調查甚麼？」狐格森趨前問。

「是這樣的。今早本村的**鑰匙匠高登**來報案，說昨晚在拉奇夫人家修理門鎖時，目擊有人登門襲擊拉奇夫人。所以，我們就去調查了。」胖警察**畢恭畢敬**地報告。

「對！高登説本來是叫拉奇夫人一同報案的，但卻被她**婉拒**了。」瘦警察立得筆直地補充道，「拉奇夫人對高登説那只是小事，還叫他不必**勞師動眾**地報案呢。不過，高登不放心，就獨個兒來派出所找我們了。」

「啊？有這種事？」福爾摩斯**眉頭一皺**。

「那麼，你們在拉奇太太家查到了甚麼？」

李大猩問。

「甚麼也查不到！」胖巡警說，「拉奇太太指那人可能是**小偷**，但已被高登嚇走了，應該不會再來，還叫我們不用擔心呢。」

「啊？她竟這樣說？」李大猩和狐格森**面面相覷**。

「她沒有提及**吸血鬼**的事嗎？」華生插嘴問。

「沒有！」瘦巡警說，「高登報案時提過，但拉奇太太卻說當時太緊張，聽到家裏的**鸚鵡**大叫**吸血鬼**，就以為那個襲擊她的人是吸血鬼罷了！」

福爾摩斯想了想，問

道：「那麼，你們呢？你們有甚麼看法？」

「我們嗎？」胖巡警**勉勉強強**地擠出笑容說，「這個……這個世上又怎會有吸血鬼？當然……當然 **不相信** 啦。」

「不過……」瘦巡警看了看孖寶幹探胸前的 **蒜頭項鏈**，骨碌一下吞了一口口水，欲言又止。

「不過？」福爾摩斯眼尖，馬上追問，「不過甚麼？」

「沒甚麼……」瘦巡警 **吞吞吐吐** 地說，「我們……雖然不相信有吸

血鬼，但這條平靜的村莊最近發生了很多事，
令人感到……有點**不吉利**罷了。」

「你是指在龍湖發現白骨的事嗎？」

「不僅如此……」瘦巡警又**骨碌**一下又吞
了口口水，「昨夜10點左右，還發生了……發
生了一宗 咬人事件 ……」

「甚麼？」李大猩和狐格森被嚇了一跳。

福爾摩斯看了看孖寶幹
探，故意煞有介事地問：
「你說『咬人事件』，究竟
是**人咬人**？還是**鬼咬人**？」

「這……這個嘛……」瘦巡警**戰戰兢兢**地答道，「我們也不知道啊，只是……只是被咬傷的人是我們的同僚**哥利**。他昨晚巡夜經

過附近的分岔路口時，看見一個可疑的人，就叫他停下來查問。怎料那人**一言不發**就撲過去襲擊哥利，結果兩人滾到地上**扭打**起來，那人還在哥利的**脛骨**上咬了一口……」

「後來那人怎麼了？」李大猩緊張地問。

「他竄進路旁的草叢中，逃了。」

「你們的同僚哥利呢？看過他的**傷口**嗎？是**兩個孔**還是一整排被咬的齒孔**？**」狐格森也緊張地問。華生知道，狐格森這樣問，是想

從傷口分辨出那人的屬性——如是**兩個孔**的

話，很可能就是**吸血鬼**了！

「這⋯⋯不知道啊⋯⋯醫生說哥利被咬得連

皮肉也掉了一大塊，初時還以為是被野狗咬的

呢。」

「啊⋯⋯糟糕了！

糟糕了！」狐格森**惶恐**

不安地自言

自語，「分

不清是甚麼咬⋯⋯

怎麼辦啊？」

「對⋯⋯怎麼辦？」李大猩**臉色刷白**，

「分不清對手的話，很難對付啊。」

「還用分嗎？」福爾摩斯沉聲道，「**一定**

是他幹的！」

「他？『**他**』即是甚麼？」華生聽出了異乎尋常的含意，連忙問道。

「嘿，還不知道嗎？」福爾摩斯眼底閃過一下寒光，「**當然是那個吸血鬼！那個襲擊拉奇夫人的吸血鬼幹的！**」

「啊……」聞言，孖寶幹探和兩個巡警都被嚇得退後了兩步。

小拉奇的證言

「**長官！**」胖巡警呆了片刻，回過神來後馬上走到李大猩跟前，「**嗖**」的一下立正後大聲道，「拉奇太太家就在前方左邊分岔路的不遠處，你們再走10多分鐘就到！」

「對！很容易找的！」瘦巡警也大聲道，「她正在院子裏曬**魚乾**，走近後聞到**魚腥味**的話，就是那裏了！」

「我們有其他事要辦，告辭了！」胖巡警說罷，就急急忙忙地快步離開。瘦巡警見狀，也慌忙跟着跑走了。

「嘿，真是**膽小如鼠**，一聽到吸血鬼就馬上逃。」福爾摩斯看了看遠去的兩個巡警，

然後舉手一揚，「走！去找拉奇太太吧。」

李大猩和狐格森已被嚇得冷汗直流，兩人互相看了對方一眼，看樣子也想轉身就逃。但福爾摩斯已面無懼色地走遠了，兩人不好意思臨陣退縮，只好摸摸掛在胸前的蒜頭，硬着頭皮跟在後面。

華生雖然也有點害怕，但看到老搭檔那個成竹在胸的樣子，估計他口中的吸血鬼應是另有所指，於是就匆匆跟着去了。

眾人走到分岔路口，正想往左邊走去時，右

邊卻有一個少年扛着一根釣魚竿，提着一條大

魚**興高采烈**地往這邊奔過來。

「咦？小拉奇，今天收穫不錯呢！」福爾摩

斯一眼就認出了少年。

小拉奇沒理會，他拐到左邊的分岔路，低着

頭**嘀嘀咕咕**：「不要與**陌生人**搭訕，走、

走、走，別搭理他。」

華生心想：「這就是福爾摩斯昨晚見過的少年嗎？」

「在**哪兒**釣的魚呀？我也想釣啊。可以告訴我嗎？」福爾摩斯趨前笑問。

「走、走、走，媽媽說別搭理陌生人，我才不會理你呢。」小拉奇嘴裏仍**嘀嘀咕咕**，並加快了腳步。

「我知道了，他的魚不是**釣**的，是**買**回來的！」福爾摩斯故意大聲地向李大狸等人說。

「甚麼？」小拉奇立即止住了腳步，生氣地回過頭來喊道，「大叔，*別胡說！這是釣的！*不是買的！」

「我才不信，肯定是**買**的。」福爾摩斯以嘲笑的口吻說。

「**胡說！是釣的！**」

小拉奇急了，他把釣魚竿扔到地上，扳開魚唇說，「不信的話，你看啊！嘴內還有**傷口**，是魚鈎留下的！」

華生知道，福爾摩斯的激將法奏效了。

福爾摩斯擺出一副懷疑的樣子湊過頭去看了看，然後故作驚訝地說：「果然是**釣**的呢！好厲害啊！在**哪兒**釣到的？」

「**龍湖**。」說完，小拉奇撿起魚竿轉身就走，「走、走、走，我不和陌生人說話的。」

「這小子好**戇直**啊。」李大猩感到好笑。

「噓！」福爾摩斯向李大猩打了個眼色，突然又向小拉奇喊道，「別騙人啊！龍湖不是有**吸血鬼**嗎？怎會有人夠膽去那裏釣魚？」

「*我夠膽！我不怕吸血鬼！*」小拉奇回過頭來，衝着福爾摩斯叫道。

「啊？好勇敢呢！難道你見過吸血鬼？」

「**當然見過！**」小拉奇並沒有停下來，又回過頭去**嘀嘀咕咕**地邊走邊說，「吸血鬼躲在叢林中，我大喝一聲，就把他嚇跑了。哼！我才不怕吸血鬼！不怕！」

華生暗想：「福爾摩斯好厲害，**三言兩語**就把說話套出來了。」

可是，李大猩和狐格森一聽到有吸血鬼，又害怕起來，連步伐也顯得有點兒**踟躕不前**了。

小拉奇**嘀嘀咕咕**地走着，不一刻，已走近一所房屋的院子。

華生看到，院子裏有一個中年女人正彎着腰幹活，在陽光下把一塊塊**黃色的東西**逐一反轉，像是在晾曬着甚麼，看來就是巡警所說的「**魚乾**」吧。

「媽媽！魚！我釣了條大魚！」小拉奇看到那女人，就**興高采烈**地奔過去喊道。

不用說，那個女人就是拉奇太太。

聽到兒子的叫聲後，拉奇太太抬起頭來正想回應時，卻赫然發現福爾摩斯等人走近，她的臉上霎時**掠過**了一下**不安**。

「媽媽！我釣了條大魚！」小拉奇把魚舉到母親面前叫道。

「啊……真的很大條呢。」拉奇太太看着福爾摩斯等人，**心不在焉**地應道，「你……你把魚拿到廚房去吧。」

88

「**知道！**」小拉奇說着，就一股勁兒往屋內奔去。

「你是拉奇太太吧？」福爾摩斯趨前問。

「是的，請問**有何貴幹**？」拉奇太太充滿戒心地問。

「**吸血鬼！**我們是蘇格蘭場的警探，來查吸血鬼的！」李大猩看見四周並無異樣，為了替自己**壯壯膽**和挽回一點面子，就搶前高聲說道。

「對！我們是來查**吸血鬼**的！」狐格森惟恐落後似的，也搶着説，「據説昨夜你被吸血鬼襲擊，真有此事嗎？」

「吸血鬼？」拉奇太太**一怔**，但馬上強裝冷靜地答道，「我剛才已告訴兩位巡警先生了，那人是個**小偷**，不是甚麼吸血鬼。」

「可是，鑰匙匠高登説看到那人的唇邊沾着血啊！不是嗎？」李大猩問。

「**沾着血**？」拉奇太太的眼睛游移不定，「我沒……沒看到啊……當時太黑……或許……高登先生看錯了。」

「真的沒看到？作**假證供**可要坐牢的啊。」狐格森看出拉奇太太**心中有鬼**，立即語帶警告地詰問。

「**沒有！**我真的沒有看到！」拉奇太太被這麼一問，語氣反而堅定了。

福爾摩斯想了想，問：「你家以前曾有**小偷**光顧嗎？」

「沒有。」拉奇太太答得**斬釘截鐵**。

「昨晚是第一次？」

「是。」

「附近常有小偷出沒嗎？」

「沒聽說過。」

「那麼，昨晚那個小偷從哪兒來的呢？」

「不知道。」

「你有想過嗎？」

「想過甚麼？」

「譬如說，他是甚麼人？為何選中你家？」

「那該由警方來查，我怎會想那麼多。」

「這倒也是。抱歉，我問多了。」福爾摩斯拉了一下 **帽簷**，輕輕地低頭致歉。

「沒關係。」

拉奇太太以為問完了，不禁鬆了口氣。然而，就在同一瞬間，福爾摩斯卻 **出其不意** 地再問：「熟人！你沒想過，那個小偷是 **熟人** 嗎？」

拉奇太太一怔，嚇得連手上的「**魚乾**」也掉到地上。

華生看在眼裏，他知道這是老搭檔耍弄的小

手段，**出其不意**地一刺，往往就可刺破被問者築起的防線，讓對方**露出馬腳**了。然而，他卻不明白老搭檔為何有此一問。

「難道……他已猜到那個**小偷**是誰？」華生暗想。

「怎樣？那小偷是熟人吧？」福爾摩斯**乘勝追擊**。

「我……我不知道你……你說甚麼。」拉奇太太看來有點**心慌意亂**，只懂得**期期艾艾**地應道，「熟人……熟人又怎會來我家偷東西？」

「嘿嘿嘿，那倒不一定啊。」福爾摩斯冷冷地一笑，「根據我們的經驗，**百分之五十**的

盜竊案都是熟人幹的啦。」

　　「我……」拉奇太太不知道如何回應，只好
說，「總之，我不認識那人，他不是熟人。」

　　「是嗎？打擾了。」福爾摩斯說完，就俯身
撿起那塊掉在地上的
「**魚乾**」看了看
又嗅了嗅，然後
還給拉奇太太。

　　「這不像魚
乾呢？是甚麼東
西？」福爾摩
斯好奇地問。

　　「是**魚鰾**。」

　　「啊，原來是魚鰾。我記起來了，是中國人
愛用的食材，聽說用來煮湯最好。」

「是的。我曬好後，會賣給**倫敦** 唐人街 的食材店。」

就在這時，小拉奇從屋內走了出來，他的臂上還站着一隻**黑色的鸚鵡**。

不用説，那就是鑰匙匠高登所説的 谷普 。

谷普看到幾個陌生人時顯得有點躁動，牠拍了拍翅膀後突然大叫：「**呱呱呱！吸血鬼！吸血鬼！**」

李大猩被嚇了一跳，但發現是谷普在叫後，就破口罵道：「臭鸚鵡！別亂叫好嗎？給你嚇死了！」

「牠不臭！牠是谷普！」小拉奇大聲抗議，「牠沒亂叫！牠見過**吸血鬼**！」

「**小拉奇！**」拉奇太太連忙喝止，「不要亂說話，哪有甚麼吸血鬼！」

「有呀！媽媽，你不是說在湖邊的陌生人是吸血鬼嗎？我也親眼見過呀，就在叢林那邊！谷普也見過！」

「小拉奇！小孩子不能說謊，世上並沒有甚麼吸血鬼！我怎會說甚麼吸血鬼！」拉奇太太有點**不知所措**地責備。

「總之我見過！我見過吸血鬼！我還見過死人呢！」小拉奇生氣了。

「死人？」眾人**面面相覷**。

「是死人！我見過死人！」

「警探先生，別聽他**胡言亂語**。」拉奇太太連忙解釋，「他的腦筋有點不靈光，常會說些**莫名其妙**的話。」

「不！我見過！就在**湖邊**，今早看到的！不信的話，我帶你去看！」小拉奇衝着母親叫道。

「**閉嘴！**」拉奇太太急了，「回到屋裏去！今天不准再外出！」

小拉奇看到母親動怒了，立即低下頭來走回屋內。不過，華生聽到他嘴裏仍**嘀嘀咕咕**地說見到死人。

「各位警探先生，沒其他事的話，請回

吧。」拉奇太太有點激動地**下逐客令**。

「是的，我們該走了。」說罷，福爾摩斯遞了個眼色，就與華生三人一同轉身離去。

待走遠了，李大猩**急不及待**地問：「這樣就走？我們甚麼也沒查到啊！」

「對，現在怎辦？不能**空手而回**呀！」狐格森也焦急了。

「去**湖邊**，看看是否真的有人死了。」福爾摩斯說。

「甚麼？你相信那小子的説話？」李大猩訝異。

「相信與否並不重要，重要的是必須親眼看一下。況且，編織謊話是高智商的行為，小拉奇老實又戇直，看來並不懂得説謊。」

「有道理。」華生説，「我們應該去看看。」

「況且，小拉奇説湖畔有吸血鬼出沒，怎能不去看看呢？」福爾摩斯狡黠地一笑。

「甚麼？」聞言，李大猩和狐格森臉色煞白，馬上放慢了腳步。

「怎麼了？脖子上掛着蒜頭也怕嗎？」福爾摩斯掏出那瓶「鬼見愁」晃了晃，「要不要再喝幾口加強驅鬼能力？本來想送給拉奇太太，測試一下

她是否真的相信有吸血鬼的。現在她既然不信了，我拿着也沒用。」

「別開玩笑！」李大猩一口拒絕，「我才不會**中計**呢！」

「對！想**嚇**死我們嗎？」狐格森罵道。

四人說着說着，又回到了村口。無巧不成話，就在這時，他們又看見那兩個巡警從遠處**慌慌張張**地向這邊奔來。

「不得了！不得了！」瘦巡警**氣喘吁吁**地跑到，「**長官！命案！發生了命案！**」

特製的長矛

「甚麼？」眾人愕然。

「受害人叫**帕斯**，是個**馬車夫**，他被長矛刺中背部斃命！」緊隨而至的胖巡警緊張地補充道。

「**帕斯？**」福爾摩斯愣了一下，連忙問道，「兇案發生在哪裏？」

「湖邊！就在湖邊！」

「啊……」李大猩看了看狐格森，又看了看華生，**難以置信**似的說，「原來……那小子說的是真的……」

「那小子？甚麼意思？」胖巡警問。

「這個容後再談，馬上帶我們去**案發現場**看看吧！」福爾摩斯說。

「不用先到局裏看**屍體**嗎？」胖巡警問。

「甚麼？你們已把屍體運回**警察局**了？」福爾摩斯訝異。

「是同僚們運的。」瘦巡警解釋，「他們接到一個**農夫**報案時，我們還在拉奇太太家啊。」

「原來如此，明白了，馬上到你們警察局去吧！」

「*好的！*」胖巡警說，「不遠，走20分鐘

就到。」

到了警察局的停屍間一看，福爾摩斯立即就認出來了，死者果然就是他昨晚在酒吧見過的那個**馬車夫帕斯**。

華生是醫生，他率先進行驗屍，發現帕斯背部有一個由**尖銳的利器**造成的傷口。傷口很深，看來直達心臟。

驗完屍後，胖警察領着眾人走到靠牆的一張長桌旁，指着桌上的一根**矛杆**説：「同僚們發現他時，這根**長矛**還插在他的背上。」

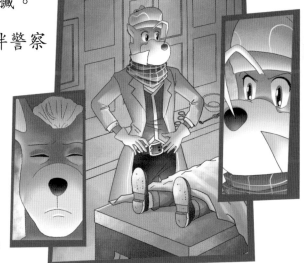

華生看到，矛杆的其中一端被削出一個長形的凹槽。此外，桌上還放着一把匕首和一根又長又幼的麻繩。

「唔？矛杆前端的凹槽看來與匕首木柄的長度差不多。」福爾摩斯訝異，「難道⋯⋯長矛的矛頭就是這把匕首？」

「是的。」胖巡警點點頭，「本來，矛頭是用麻繩固定在矛杆上的，但長矛被拔出來時，矛頭鬆脫了。我們仔細一看，才發覺原來是一把匕首。」

「原來如此。」福爾摩斯用放大鏡檢視了一下矛杆，「表面很粗糙，連

104

樹皮也沒刮乾淨，看來是一根臨時趕製的長矛呢。不，嚴格來說，這只是**一根樹枝**。」

「樹枝？」李大猩大吃一驚。

「不⋯⋯不會是**桃木**吧？」狐格森吞了一口口水，《惶恐不安》地問。

「為甚麼這樣問？」華生感到奇怪。

「你不知道嗎？據說東方人對付**吸血殭屍**時，會用桃木造的劍啊。」狐格森說

這話時，額上已滲出了一滴冷汗。

「怎麼了？難道你以為死者是個吸血鬼？」福爾摩斯沒好氣地說，「不用擔心，他是個**如假包換**的馬車夫。我昨晚才見過他。」

接着，福爾摩斯又用放大鏡仔細地檢視起那

把匕首來。他似乎對匕首的**木製刀柄**很感興趣，重重複複地看了好一會。

「刀柄上**傷痕累累**，好像還是最近才刮花的。此外，上面還黏着一些**樹膠**似的東西呢。」說完，他更把鼻子湊到刀柄上聞了又聞。

「怎麼了？刀柄上有甚麼特別的**氣味**嗎？」華生問。

「唔……怎麼說呢？」福爾摩斯皺起眉頭想了想，「好像是一種**腥臭味**，有點**似曾相識**。」

「哎呀，匕首上沾了**血**呀，當然腥

臭了。」李大猩説。

「不，這不是血腥的氣味。」

「是嗎？待我聞聞。」狐格森也湊前聞了聞，「確實不像血腥，反而有點像魚的腥味。」

「魚的腥味？我知道！這是宰魚用的刀！」李大猩自以為是地搶道。

「宰魚刀又怎會有護手？這只是一把防身匕首罷了。」福爾摩斯説。

「那麼，兇手一定用它來宰過魚！」李大猩説。

福爾摩斯不置可否，他彎下腰來，再用放大鏡檢視矛杆上的凹槽，然後又嗅了嗅：

「槽內也黏着一些樹膠，好像也有一股魚的腥臭味呢。」

聞言，狐格森也彎下腰來聞了聞，說：「對，確實是魚腥味。」

「這就有點奇怪了。」福爾摩斯說，「就算匕首用來宰過魚，魚腥味也不至於傳到凹槽上吧？」

「那麼，你說！」李大猩不服氣地問，「這股魚腥味又從何而來？」

「對，從何而來呢？」福爾摩斯想了想，就掏出小刀，在凹槽上刮了一下，把黏在槽內的樹膠刮了一點下來，然後放到鼻尖前聞了聞。

「唔？也有魚腥——」說到這裏，他突然打住。

「怎麼了？」華生察覺老搭檔神情有異，

連忙問。

「我明白了!」福爾摩斯瞪大眼睛,恍然大悟似的説,「**是魚鰾!**凹槽和刀柄上的腥味其實都是來自魚鰾!」

喪鐘為誰鳴？

　　「甚麼？」華生和孖寶幹探都大吃一驚，他們知道，拉奇太太在院子裏曬的就是 魚鰾 ！可是，這與 樹膠 又有何關係？

　　「還不明白嗎？」福爾摩斯冷冷地瞥了眾人一眼，「魚鰾除了可當作 食材 之外，還可以製成 魚鰾膠 ，那是一種強力的 黏合劑 ，東方人常用它來黏合家具的 榫卯 。」

　　「啊……這麼說的話……」胖巡警戰戰兢兢地問，「那些樹膠其實是魚鰾膠，兇手把它當作黏合劑，將 刀柄 黏到 凹槽 上，對嗎？」

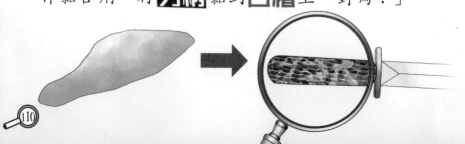

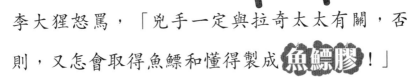

「對，兇手再用麻繩把兩者固定，一根**尖利的長矛**就成形，更瞬間變成**殺人的兇器**了！」福爾摩斯眼底閃過一下嚇人的光芒。

「豈有此理！」李大猩怒罵，「兇手一定與拉奇太太有關，否則，又怎會取得魚鰾和懂得製成**魚鰾膠**！」

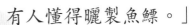

「啊……」胖子巡警想了想，「這個可能性很大。因為，這附近除了**拉奇太太**之外，沒有人懂得曬製魚鰾。」

「福爾摩斯，我明白了！」華生興奮地說，「**熟人！** 兇手

是拉奇太太的熟人！怪不得你查問她時，指出昨晚襲擊她的是個 **熟人**！其實，你早已猜到兇手是誰！對嗎？」

「**嘿嘿嘿……**」福爾摩斯冷然一笑，「我確實有想過兇手是誰，但我從來不猜，只是綜合以下 6個疑問，作出比較可靠的 **推論** 罷了。」

①小拉奇釣到白骨，令伯爵為拉奇投保的人壽保險生效，拉奇太太將會獲得一筆巨額賠償。金錢往往是犯案的動機，那麼其後發生的一切，是否皆與這個動機有關？

②承接①的疑問，由兒子發現父親的白骨是否過於巧合？是冥冥中自有主宰，還是挖空心思的安排？

③拉奇太太向鑰匙匠訛稱大門被小拉奇撞爛，為何她要說謊？難道她認識破門者，說謊只是為了隱瞞對方的身份？

④拉奇太太明明看到那個「吸血鬼」嘴角染血，卻反口說沒看到。為何她再次說謊？與③一樣，難道她這樣做是為了隱瞞對方的真正身份？

⑤巡警哥利被神秘人咬傷，同一個晚上，嘴角染血的「吸血鬼」登門襲擊拉奇太太。兩者是否同一個人？其嘴角的血其實是咬傷巡警時染上的？

⑥最後，那個「吸血鬼」是誰？為何人壽保險生效後他多次現身？而拉奇太太為何受襲後還刻意保護他，不肯透露其身份？

「所以，我認為那個所謂的『吸血鬼』——」福爾摩斯一頓，他環視了一下眾人後，才**斬釘截鐵**地說，「不是別人，其實就是**拉奇本人**！因此，拉奇太太才會不惜一切地保護他！」

「甚麼？」李大猩錯愕萬分，「拉奇不是已化作**白骨**了嗎？怎會是他？」

「對啊！難道白骨復活？變成了吸血鬼？」狐格森畏怯地摸了摸脖子上的**蒜頭項鏈**。

「白骨、白骨，你們說的不就只是**白骨**嗎？一具白骨又怎能證明他就是拉奇？」

「你的意思是，白骨身上的鞋子、皮帶和戒指都是**假**的，拉奇太太只是詭稱那些是她丈夫

的遺物？」華生問，「可是，如果那具白骨不是拉奇，**又是誰？**」

「你忘了嗎？」福爾摩斯眼底閃過一下凌厲的光芒，「5年前的兇案有**兩個人**失蹤，除了拉奇外，還有**管家狄克**呀。」

「啊……」華生恍然大悟，「你的意思是，那……那其實是**狄克的白骨**！」

「沒錯，拉奇謀財害命，殺了伯爵和管家狄克，但白骨身上的東西應該不是假的，我估計那是拉奇殺人後**偷龍轉鳳**，把自己的衣物與狄克的衣物調

換了。」福爾摩斯分析道，「這麼一來，就算幾個月後屍體被發現了，警方也會以為死者是**拉奇**，而兇手則是失蹤了的**狄克**！因為，到時屍體已腐爛，警方只能憑衣物認人。」

「原來是這樣啊。」李大猩和狐格森**如夢初醒**。

「不過，有兩個問題我仍未有答案。」福爾摩斯說，「①拉奇為何等了5年才打**人壽保險**的主意？②他與馬車夫帕斯有何恩怨，要把對方**置之死地而後快**？」

然而，第②個疑問很快就有答案了。龍湖酒吧的常客**戴西**知道帕斯遇害後，匆匆趕到了警局，說出了他一直藏在**心中的秘密**。

　　原來，5年前的案發當晚，他為剛死去的鄰居龜老人到教堂敲鐘，回家時在路上與一個男人撞個滿懷，雙雙倒在地上。在**電光石火**的一剎那，他看到那人的**衣着很像狄克**。可是，對方倒地時的那一聲「哎呀」，卻又像是

拉奇的（**聲音**）。及後，那人像摔傷了似的一拐一拐地登上一輛剛好經過的馬車，從那人的形態看來，他幾可肯定，那人就是**拉奇**。此外，他也認得，那輛是**帕斯的馬車**。

翌日，他目擊伯爵**陳屍臥室**後，本想把此事告訴警察的，但他曾與拉奇在教堂爆竊，如果指證拉奇，對方一定會供出爆竊的事，自己也免不了要坐牢。況且，馬車夫帕斯也沒把**半夜載人**的事告訴警察，他自己就選擇**保持緘默**了。

「那麼，你為何現在又來報警呢？」福爾摩斯問。

「**我害怕**……」戴西低着頭說，「帕斯在案發當晚見過拉奇，他慘遭毒手了。**我怕**……**我怕下一個是我**……」

瘦巡警把戴西帶走後，福爾摩斯說：「毫無疑問，拉奇找他的太太是為了取回**保險金**。我估計，錢一天未到手，他也不會走。」

「你的意思是，他仍藏匿在附近？」華生問。

「沒錯。」福爾摩斯想了想，向胖巡警問道，「龍湖附近有沒有空屋之類的地方？」

「空屋嗎？」胖巡警想也不想就說，「有呀！有一所凶宅！哈瑞德伯爵被殺後，他的家人很快就搬走了，一直把它丟空。」

「凶宅……凶宅嗎……？」福爾摩斯低吟，「他一定躲在那兒，一個他既熟悉、又令人意想不到的地方！」

當晚，烏雲半掩月，天上只透下半陰半冷的月光，為周圍的景物映照出一抹幽寒的

輪廓。在當地警察的配合下，眾人悄悄地包圍了那所凶宅。然而，狐格森卻一個不小心，踢到了一個破罐，發出「噹」的一聲。當眾人被嚇了一跳，仍未回過神來之際，一個黑影突然奔過後院，往不遠處的龍湖逃去。

「追！」福爾摩斯舉起提燈大喝一聲，立馬就追了上去。

可是，當眾人追到湖畔時，黑影已竄進叢林中失去了蹤影。

「豈有此理！全是你，把犯人嚇跑了！」李大猩氣得向狐格森破口大罵。

噹—

「我也不想——」狐格森正想辯解之際，突然，空中傳來了幾下淒厲的叫聲。

「呱呱呱！吸血鬼！吸血鬼！」

眾人被嚇了一跳，但馬上意識到，那是黑鸚鵡谷普的叫聲。

「呱呱呱！吸血鬼！吸血鬼！」

聲音由近而遠，看樣子是追着逃走的黑影往 龍湖客棧 的方向而去。

這時，除了谷普的叫聲外，還有另一個聲音大喊：「吸血鬼！我抓到吸血鬼啦！」

「小拉奇！是小拉奇的聲音！」福爾摩斯愕然，馬上領着眾人加快腳步往湖龍客棧奔去。

華生跑得慢，當他氣喘吁吁地追近時，只見眾人已神色凝重地圍在客棧門前，除了小拉

奇興奮得**手舞足蹈**地大叫大嚷外，沒有一個
人在說話。

　　華生走近一看，赫然發現一個男人**一動不動**地倒在一塊大石的旁邊，地上更有一灘血。

　　「怎麼了？」華生向福爾摩斯問道。

　　「據客棧老闆說，他跑近時突然腳下一滑摔倒了，頭正好撞到那塊**大石**上。我已檢驗過了，他頸骨折斷，看來是即時斃命。」

　　「*他……他是拉奇……*」站在一旁的客棧老闆低聲呢喃，「沒想到……他5年前沒死，現在卻撞到**女皇石**上……一命嗚呼……」

　　就在這時，拉奇太太也**聞風而至**，當她看到伏屍在大石旁的丈夫後，整個人也呆住了。

「**媽媽！媽媽！**」小拉奇看到母親後，

興奮莫名地跑過來大叫，「我抓到了**吸血鬼**！

我抓到了吸血鬼啊！」

拉奇太太呆呆地看了兒

子一眼，瞬間，她整個人恍

如坍塌似跪了下來，**欲哭無**

淚地仰望着寒森森的夜空。

這時，教堂的鐘聲突

然「**噹噹噹**」地響起來，

華生看了看懷錶，剛好是午夜**12點鐘**。

那是喪鐘嗎？但喪鐘為誰

而鳴？

眾人聽着鐘聲，看着在父

親的屍體身邊又叫又跳的小

拉奇，都不禁**黯然神傷**。

得償所願

離開警察局時，天色已亮。華生在晨曦下，拖着沉重的步伐說：「沒想到，拉奇太太一直**發呆**，不論李大猩他們怎樣問，她也沒有半點反應呢。」

「一個人受到嚴重打擊，有時就會這樣，相信 **假以時日**，她就會把案情 **和盤托出** 的了。」福爾摩斯咬着煙斗，吐了口煙說，「不過，不論她肯不肯說，我相信**十之八九**也和

我的推論差不多。」

「是嗎？」華生**半信半疑**，於是提出了
一連串的疑問。

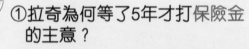

① 拉奇為何等了5年才打保險金的主意？
② 他如何令小拉奇釣到狄克的白骨？
③ 他為何撞爛自己家的大門，又在夜裏襲擊妻子？
④ 他為何不用匕首作兇器，要自製長矛那麼麻煩？

福爾摩斯若有所思地說：「知道這些又如
何？他已死了，也終於得償所願了。」

「甚麼？」華生**不明所以**。

「不是嗎？他費盡心思都是為了取得自己
的身故賠償。現在，他撞在**女皇石**上意外身
亡，保險公司不得不賠呀。」

「原來如此。」

「不過，他卻無法享受賠償帶來的好處。那份豐厚的保險金，只會賠給拉奇太太和小拉奇，真是天違人願、因果報應啊。」

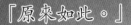

各位讀者，你們對我在左頁提出的問題有何推論？請動動腦筋，找出自己的答案吧！

各位讀者，你們解答了我在故事結尾的疑問嗎？要是解答了的話，請對照一下福爾摩斯的推論，看看他的答案是否與你的一樣吧。

5年前，拉奇謀財害命，殺死了哈瑞德伯爵和管家狄克。為了掩飾自己的身份，他與狄克互換衣物，然後綁上重物令狄克沉屍湖底。

他乘夜逃亡時，卻在路上與戴西相撞而摔傷了腿，只好登上剛經過的馬車逃走，並付了掩口費叫馬車夫帕斯保守秘密。

5年後，他花光了不義之財，記起伯爵曾為他買了人壽保險。於是，他偷偷回到龍湖，並潛進湖底找到狄克的屍骨，確認其無名指上仍戴着他的戒指後，就脅逼妻子假借兒子之手把白骨釣起，以證明自己已遇害身亡，令人壽保險生效。

小拉奇常到湖邊玩耍，看到陌生人（拉奇）出沒，拉奇太太為了掩飾真相，就謊稱他看到的是吸血鬼。小拉奇信以為真，就把看到吸血鬼的事掛在口邊。黑鸚鵡谷普有樣學樣，看見陌生人就亂叫「吸血鬼」。

可是，發現屍骨及保險生效一事引起帕斯的注意，加上吸血鬼的傳聞，他猜到拉奇已回來並藏在湖畔的凶宅之中，於是向拉奇進行勒索。

拉奇為了儘快把保險金弄到手，多次催逼妻子向保險公司追討。當找不到妻子時，就以為妻子挾帶私逃，於是撞爛大門查看。當然，他也有可能只是為了入屋盜取魚鏢而已。

案發5周年的當晚，他又前往催逼妻子，中途卻遇到巡警哥利截查，糾纏之下咬傷了對方脛骨時，嘴角更染上了血。鎖匙匠高登以為他是吸血鬼，就是這個緣故。

帕斯的勒索令拉奇動了殺機，但帕斯高大健碩，與其近身搏鬥並無勝算。於是，園丁出身的拉奇運用純熟的手藝，在一根長樹枝上挖出凹槽，然後用魚鏢膠把匕首黏上，自製出一根鋒利的長矛。當帕斯到湖畔找他時，他從後偷襲，以長矛把對方刺死。

不幸的是，拉奇太太為了保護兒子，竟隱瞞拉奇的罪行。但她沒料到的是，兒子為了追捕吸血鬼，卻間接令父親拉奇撞石身亡。

科學小知識

魚鰾

　　魚鰾藏於魚的體內，形狀像一個長形的氣囊，是**硬骨魚類**獨有的器官，作用是通過充放氣體來調節浮力。當魚要在水中往上升時，就在魚鰾充氣增加浮力利於上升。反之，當魚要下沉時，就從魚鰾放出氣體，減少浮力利於下沉。所以，魚在水中自由地活動，除了靠擺動魚鰭和魚尾外，也要靠魚鰾調節浮力的能力。

　　依靠充放氣體來調節浮力的魚鰾有兩種，一種是通過口部的呼吸來進行，如鮭魚、鯉魚和金魚等。一種則是通過存取血液中的氣體來進行，幾乎所有硬骨魚類都屬於這種。

　　那麼，沒有魚鰾的軟骨魚類又怎辦？不必擔心，牠們可以通過貯存在肝臟的油來調節浮力，如鯊魚和魟魚（又稱魔鬼魚）。

　　魚鰾還是發聲器官。大部分魚類在發聲時，都是通過收縮魚鰾附近的肌肉，令魚鰾產生振動來進行的。

　　魚鰾俗稱魚肚或花膠，也是一種高級食材，廣東人喜歡把它用來煮湯。此外，如本集故事中所説，它還可製成魚鰾膠，是一種強力黏合劑，以前常用於黏合木製家具的榫卯，比起化學黏劑既環保又耐用呢。

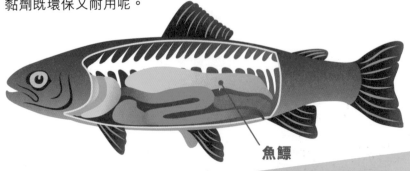

魚鰾

福爾摩斯科學小實驗
吸管潛水艇!

沒想到兔鱷成了本集破案的關鍵呢。

是啊!兔鱷與潛水艇的壓載艙有異曲同工之妙,不如來做一個實驗,看看潛水艇是如何浮沉的吧。

膠樽一個
(盛水90%)

剪刀一把

間尺一把

粗吸管一枝

萬字夾六個

1 請先準備以上物品。

約8cm

2 先剪下一截吸管,長約8cm。

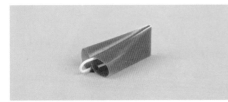

3

將剪下的吸管對折,並用一枚萬字夾把兩個管口夾在一起,製成一艘萬字夾潛水艇。

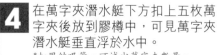

4 在萬字夾潛水艇下方扣上五枚萬字夾後放到膠樽中，可見萬字夾潛水艇垂直浮於水中。

*如用幼吸管，可減少萬字夾數量。

5 為膠樽擰上蓋子，然後用力擠壓膠樽兩側，萬字夾潛水艇馬上向下沉！

6 當放開手後，看！萬字夾潛水艇又向上升呢。

科學解謎

　　萬字夾潛水艇放在水中時，由於吸管中有空氣，在空氣的作用下產生浮力，所以萬字夾潛水艇能浮於水中。可是，當用力擠壓膠樽兩側時，水會流入吸管中把空氣擠出，這時浮力消失，萬字夾潛水艇就會下沉了。

（詳細解說請參看本集的「科學小知識」。）

有個病人買 1 萬元股票，賺了 20 萬。

我想……

買人壽保險。

小意思，

我買 1 萬可賺 100 萬。

這麼高回報？投資甚麼？

投資在你身上就行！

?

你年紀還小啊，買來幹嗎？

人生苦短，買個保障呀。

不必那麼快擔憂吧？

怎能不擔憂？查案太危險了！

人壽保險，1 賠 100 呀！

MAN LIFE INSURANCE COMPANY

萬一你出事，

我就可獲賠償啦！

快交租呀！

我想買意外保險。

好呀。

通融一下，下星期一定交。

如果不交，我被雷劈。

褲子濕了也有得賠嗎？

有呀。

你買了人壽保險嗎？

買了呀。

那麼快替我投保吧！

這麼急？

太好了！天氣預報說下星期有雷暴呀！

忍不住了！

快尿出來啦！

大偵探 福爾摩斯
——吸血鬼之謎III—— ⑥

小說&監製／厲河
（本故事的意念來自查爾斯‧狄更斯的《Barnaby Rudge》開首部分，但故事已完全不同。）

繪畫／陳秉坤（草圖、4格漫畫）、鄭江輝（線稿）
着色／陳沃龍、徐國聲、麥國龍　科學插圖／麥國龍
封面設計／陳沃龍　內文設計／麥國龍
編輯／盧冠麟、郭天寶

出版
匯識教育有限公司
香港柴灣祥利街9號祥利工業大廈2樓A室

想看《大偵探福爾摩斯》的
最新消息或發表你的意見，
請登入以下facebook專頁網址。
www.facebook.com/great.holmes

承印
天虹印刷有限公司
香港九龍新蒲崗大有街26-28號3-4樓

發行
同德書報有限公司
九龍官塘大業街34號楊耀松（第五）工業大廈地下
電話：(852)3551 3388　傳真：(852)3551 3300

購買圖書

第一次印刷發行
Text：©Lui Hok Cheung
© 2024 Rightman Publishing Ltd. All rights reserved.

2024年1月
翻印必究

ISBN:978-988-76993-0-9
港幣定價 HK$68
台幣定價 NT$340

若發現本書缺頁或破損，
請致電25158787與本社聯絡。

網上選購方便快捷　購滿$100郵費全免
詳情請登網址 www.rightman.net